百年新诗百部典藏／马启代 主编

超现实的雪

夏海涛　著

江苏凤凰美术出版社

图书在版编目（CIP）数据

超现实的雪 / 夏海涛著 . -- 南京 : 江苏凤凰美术出版社，
2021.2

（百年新诗百部典藏 / 马启代主编）

ISBN 978-7-5580-5117-3

Ⅰ . ①超… Ⅱ . ①夏… Ⅲ . ①诗集－中国－当代

Ⅳ . ① I227

中国版本图书馆 CIP 数据核字 (2018) 第 198347 号

责任编辑　李秋瑶
装帧设计　北京长河文丛文化艺术有限公司
责任监印　唐　虎

丛 书 名	百年新诗百部典藏
单册书名	超现实的雪
著　　者	夏海涛
主　　编	马启代
出版发行	江苏凤凰美术出版社（南京市湖南路 1 号　邮编：210009）
出版社网址	http://www.jsmscbs.com.cn
印　　刷	河北飞鸿印刷有限责任公司
开　　本	710mm×1000mm　1/16
印　　张	10
版　　次	2021 年 2 月第 1 版　2021 年 2 月第 1 次印刷
标准书号	ISBN 978-7-5580-5117-3
定　　价	28.00 元

营销部电话　025-68155675
江苏凤凰美术出版社图书凡印装错误可向承印厂调换

总序

转眼新诗已百年

马启代

早在 20 世纪的最后几年，大家已在议论新诗百年的事情，近年来，"新诗百年"的话题和各类活动甚至与社会商业活动携手并肩、大有超越诗歌本身的勃兴之势。事实上，看似在热闹中诞生的新诗，其本性与喧嚣并无基因上的联系。艺术与人类历史一样，有着表面风风火火的一面，也有着沉潜低回的另一条趋线。作为伴随新文学诞生的一个新兴文体，它呱呱坠地的时代的确可以用狂飙突进来标示，故我虽一向把社会"思潮"与"诗潮"的相伴相随作为认识百年新诗的一个重要视角，但我并不认同仅仅把波涛浪峰上的那些弄潮者看作新诗百年的代表，也就是说那些以潮流和流派及其风云人物为特征的历史叙事所构成的只是一个粗线条的描述，正是"思潮"与"诗潮"的历史共振，加上民族危难和社会动荡所造成的探索中断和精神异化，新诗所欠下的旧账一再被后来者忽略或轻视，仿佛一个亢奋的战士，冲锋中丢弃了装备，几番沉浮，在这个百年的节点，正是反思得失、检视成败的契机。当然，作为在争论甚至反对声中活得多数时候都青春四射的新诗，对质疑和批评的回应与对自身缺憾和弊端的正视从来都是一体两面需要痛加剖析、修正的问题。

我想略通"近代史"的人都会理解，产生于春秋战国以来极少出现的思想自由争鸣时期的新文学，结出新诗这个果实，既是必然，也显得匆忙。我们至今对它的称谓还有争议，如白话诗、自由诗、新诗、朦胧诗、现代诗、汉语新诗、新汉诗等，各有历史定位和美学指向，但莫衷一是，互不认同。此外，关于新诗诞生的历史成因、艺术脉络也各执一词，互有个见。我曾在《新汉诗十三题》中说过，它的源头不是旧诗，它与古诗、律诗、词、曲的代终体换不同，新诗直接来源于外国诗，不是一般的启示与借用，但新诗最终应是民族文化求新求变的产物皆赖于外来文化的刺激复活以及几代学人承前启后的不懈挽救。借此界定新诗的生日——假如非要有一个最大认同公约数的时间，我想，既不是胡适在《尝试集》中几首诗后面标注的 1916 年，也不是《新青年》2 卷 6 号刊发胡适《白话诗八首》的 1917 年，而应是《新青年》4 卷 1 号刊登胡适、沈尹默、刘半农九首诗的 1918 年 1 月。显然，作为《白话文学史》作者的胡适，深知"白话诗"与"新诗"在观念、精神和美学追求上的不同。他在 1917 年 1 月发表在《新青年》上的《文学改良刍议》被认为脱胎于美国女诗人洛威尔的《意象派宣言》，而意象派运动其主要旨趣在于解放英语诗歌的形式和语言，尽管他的代表人物庞德据说受益于中国古典诗歌的翻译。

但毋庸置疑的是，新诗承续了发端于 18 世纪以来世界范围内的诗歌自由化趋向，其背后蕴藏的历史人文内涵和深刻的人类精神走向乃潮流和大势。百年来，世界和中国都发生了许多亘古未有的大变化，人类在苦难和荣光中创造的无数诗篇，成为记录人类心灵和精神变化的珍品。尽管至今尚有人对新诗做出实验失败的定论，近年旧体诗创作日隆，也大有复兴的气象，但无须争辩的事实是：首先，新诗是个伟大而粗糙的发明（沈奇语），它无愧于百年风雨沧桑的砥砺磨洗（张清华语），你即便说它不成功，但也不能无视它有成就（桑恒昌语），穿越百年的时光隧道，战争、天灾、人祸以及正常或不正常的生存考验，新诗已经成为现代人重要的灵魂洗礼和精神救赎的载体。熊辉教授在《纪念新诗百年》中认为百年新诗的发展，最大的成功是确立了自身的文体优势。分行排列的自由书写成为承载现代人情感和思想的有效形式，而吕进教授把新诗看作"内视点"文学的主张，为现代新诗内在形式的确立提供了理论依据。其次，新诗采用大量口语和白话进行书面转化，使古老的汉语焕发出新的生机，重新把优雅与深邃找回，其在唤醒和复活民族灵性上体现出无可替代的前景。最后，我认为新诗与社会思潮与生俱来的根性联系，使其始终勃发着一颗求新求变的魂魄，百年来，它对于中国人精神的塑造居功至伟。

当然，一个百年的文体也许还处于未完成时，尽管许多文学史、诗歌史已翻来覆去根据不同时期的政治需要和个人诉求做过这样那样的修订甚至重写，事实上，所谓百年我们也不妨做模糊的理解，百年新诗也许尚未走出自己的青春期，业已形成的传统还显单薄，无论是文本本身还是理论批评范畴都面临着很多需要解决的问题。新诗不是"作诗如作文，作诗如说话"（胡适语）那样简单，断然不能把一种精神倡导理解为实践指南，正如不能把"下半身写作"理解为"写下半身"，把"口语写作"理解为"口水写作"。尽管民歌民谣给了自由化写作最初的滋养和激发，成就了彭斯和华兹华斯等不朽的歌唱，但新诗随着现代思想的传播，不适合进化论的艺术需要坚守和弘扬的恰恰是最初的和最原始的人的精神和梦想，最本真、最本质的感动。新诗突破了古典诗歌"触景生情"和"睹物思人"的套路，注入了"以思触诗、以诗触思"的感悟和体验，形成了"缘情言志寓思"的现代模式，这些皆赖于中西文化交汇中英美的浪漫主义和法德的现代主义诸流派的深度浸润。但一个文体既有它自我革新和不断蜕变的免疫能力，也有自我阉割的自杀倾向。如今，经历多层磨砺和戕害的新诗呈现出精神伦理和艺术审美上的诸多问题，"生底颤动，灵底喊叫"（郭沫若语）极有被废话、脏话淹没的危险。我在《百年新诗的"三度"迷失》和《当下诗歌创作的"三化"警示》两文中做了解析和指认。据此而论，吕进教授提出新诗的"三个重建"和"二次革命"多年，在展望未来时的确应引起我们的深思。

时光如白驹过隙，对于天地历史而言，百年不过弹指间的一个刹那，但于人于事，一个世纪毕竟暗藏着天翻地覆。适逢新诗百岁，借此数语，聊寄祝福！

目 录

第一辑

理所当然

另一种春天

当紫色遇见雨

紫色只是一个借口
从高处垂下的光
恰巧照在怒放的二月兰上
火星把紫色点燃
躁动的季节
紫色的火焰掠过春天

蒸腾而起的香气　打着哑谜
扭曲着　翻滚着
在勃发的季节忍住激情
用大片大片的摇曳
释放呐喊

它们喊着一二三的号子
仆倒在地
在低垂的大地上仰视天空

高处的水
瓢泼一样倾下
二月兰举着紫色的火

攀上了香气缭绕的高山之巅

二月兰是一种可能

二月是命定的不可躲避的
它的翅膀一定在不停地扇动
从梦的角度
斜斜地插入所有的真实

如此严丝合缝
楔入春天的时光
让每一次二月都柔软无比
农历中伫立的女子
手握前世的密码
回到树下路边
等待着走失的书生

古典的长袍
因为紫霞飘逸格外具有了神秘
那些穿越星空的文字
遇见了多情
让二月兰成为一种可能
梦可以在梦中无数次出现
就像紫色　抑或爱情
可以在消失之后再一次次地归来
不可思议地盛开

另一种春天

另一种形式的春天在春天之外

在感觉之外
它打开的水　逆流而上

颜色的流动
并非从浅而深
它大胆而跳跃
仿若一只不守规则限制的大手
随意甩动画笔

恋上花的蜜蜂
飞向紫色的二月兰
受伤的桃花独自垂泪在河边
绝望的小母亲
打开空虚的子房接受阳光的刺痛
覆盖着蛇皮的水
一次次蜕变
揭开恣意的雷声

从梨花白中穿过
从油菜黄中溢出
授粉的声音里死亡的飘落变得轻盈

春天是一扇门
打开生命的一切可能

群居北方

群居的二月兰
用自己的忧郁
洞穿了潍河与大海之间

泪流的甬道

选择风作为嫁衣
选择贫瘠作为时间的刻度
紫色叩响北方的风铃
叩响春天的露珠
耐旱的二月兰依水而居

这是一种生存的态度
拥有水　甚至拥有整个海洋
却可以忍住干渴放低自己
在低海拔的阴影中　匍匐着开放

一株　仅仅一株就足以惊艳春天
他们却相互依偎
在漫天遍野中牵起手　比邻而居
路过天空的云
投来惊奇的一瞥
落单的大雁收住滑翔的翅膀
感受群居的力量和温暖

二月兰丢下春天的香气
丢下迷惑的紫
用淹没大海的绿
诠释活着的真理

不能说出的秘密

窥　视

我不说出　我所看到的一切
那些沾着天堂的光　所有的一切
都有着巨大的秘密

而我更不能说出　那些显现的神迹之下
掩藏深深的隐秘
他们　甚至就是时间最柔软的核心

比如　你们看见了长城
像时光蜕下的坚硬的表皮
它们卧着　其实一直站立
刀子一样插在地上　疼痛从来没有离开大地
那些都是不能诉说的秘密
都是要用人心埋葬的痛
当我试图写下这段文字的时候
笔墨断流　我是换过三支笔
外加一个虔诚的祈祷　才换回这样的书写
或者　那滴着水的落日
看见了这样的时刻　看见一代又一代的人
从巨大的砖石的阴影中消失

长城　当我说出你的名字
就像撞破了事物的内核
被一种巨大的力量反复捶打　内心澎湃着
痛着　仿佛窥视了时间的变节
我忍住泪　默不作声

长　城

这潜伏在大地上的存在
被孟氏和姜氏的女儿　用泪水反复冲刷
所有的泪都让白骨疼了一下　让时间坍塌一段
纷纷扬扬的粉末变成雪
成就了千年一遇的白　掩埋暂时的苦难
摊开一瞬间的安宁
纷纷扬扬的时间粉末扬成水
就变成一泓深不见底的战争史

你是自动落锁的防御
抵挡着死　护卫着生
蜿蜒的长度里　所有的绳都打着结
文明的记忆　一段段自动编辑
却从未删除关于战争　杀戮和死亡的任何词语

长城是所有的砖石的集合　是巨石与山峰的粘合
是智慧与人心的巧遇
是所有的抵抗与攻击
在这座时间的祭坛上　生命红着
破裂着

把自己一代代呈上

苍茫之中　太阳垂下独自发红的泪

以山为墙

以山为城　接过山峰的锋利
接过悬在悬崖的危险
这长城在主人的脚下
真的变成了一堵宏大城墙

石头的堡垒
修建的瓦刀也同样闪着光芒
刀尖指向太阳
刀柄上滴落的汗水　曾经滋养过多少渴望
又渴死了多少希望
滴下的水汇聚成一湖清水
由此　我窥探到了时间的秘密

大墙　最大的石头
卧在时间的骨节上
以山为墙　以海为墙
以流动的河流大川为墙
它变化着身躯　显现成不同的物质状态
它以邻为壑　以敌为友
打开自己的欲望　展示所有的掠夺与防御
展示死亡与活命
它的存在就是一根骨刺
刺穿人类最敏感的神经

这拔不掉的骨头的增生
一直隐隐作痛

高过齐长城的柿子树

石头埋进岩石　　岩石站在悬崖
湮没尘埃的时间已经搁浅

齐长城　　齐长城
是谁在呼叫　　谁把名字刻上泪水
尖锐的喊声
比天空还要高远

黄色的灯照亮秋天
密集的闪烁　　冲击日渐苍凉的太阳

我们见过太久的古老　　那些固化的时间
一次次打动风化的速度
或者成为沙砾　　或者成为化石

比齐长城更古老的是石头
比石头更温暖的　　是生命的盛开

我看见一棵挂满黄金的柿子树
正举着北方　　渐渐高过所有的长城

理所当然

山与路

风推着我的身体　推不动的时候
就顺势滑过我的皮肤
在和风迎面相撞的时候
我仿佛成了夜的入侵者

就像这条绕行的山路
把自己扭曲着　一道道箍在山上
它以为只要勒紧了自己
就可以控制了山体

一碗月光倾倒下来
一碗上好的银色被月亮熬开了锅
把弯曲的路　和路上的我
一起迷醉
飞过天空的一群夜鸟
相互照应着　喊着乳名
它们迟归的飞行
惊扰了谁的诗性

这些毫不相关的事物　各自为政

相互打量　在这座山下偶然相遇

这座山很久之前叫岱宗
现在或者未来　仍然这样叫着

理所当然

悬挂在泰山上空的月亮
理所当然地占领了东方
这样的山只适合这样的照耀
月光毋庸置疑　流自传统

仿佛绝对的词汇只为"绝对"而准备
仿佛你的出现
正是一种显现的神迹

这样一个虚空的圆圈里
你微笑着把所有的一切击碎

爱情　理所当然地占据月亮
就像你
理所当然地复古了唐朝

散步的阳光

巧遇
在一块十七亿年的石头上
穿过五维的空间　阳光如此不同

剥开冬天的外衣　黑白分明的热
上下起伏的激情
熔浆上的沸　被平静的岩石
巧妙掩饰

你是振动的光子　沿着地脉露出头来
遭遇爱情的目光
掀起汹涌的回忆

前世的光还在那里
只是我们曾经牵过的手
已经只剩下感觉
温度和潮湿的汗　攥在手心
慢慢埋进　抬起复又落下的光里

阳光沿着黑洞
照亮了七匹彩缎　七匹飞奔的马
沿着最短的路　疾驰而过
刹那之间　一切还原如初

石头还是那块石头
一缕阳光　穿过五维空间
慢慢消失

立　夏

草站立着　在庄稼之后
就像影子站在阳光之后

我站在时间之后

我们贴身而立
春天落在了昨天
果子贴着凋落的春天　倒立着
远走的亲人
贴紧记忆的痛

我们站立着
时光平端起一杆鸟铳
驱赶我们的影子

泉水那样纯粹

你总是说　泉水那样纯粹
那些透明的水
真的就像你说的那样透明吗

你有一双　被眼帘遮挡住的眼睛
舒展的手臂
总是被舒展的形状所牵制
你羡慕的鹰
从来没有飞越无垠的高度

那些原本明亮的光
包含着怎样的无知
他们的光被分成种种光谱
一条条牵出来的波长
让光变得陌生

那些泉眼
曾经凸显在水的背后
成为最复杂的集散地
他们反射光　因此被光覆盖
他们细微的物质　被离子状态的分解
呈现出人心一样的复杂与深邃

那只扎向无垠深处的锋刃
何曾刺破过真理的内核

石　佛

石头变成佛的那一天
就没有回去的可能
石匠手里一块一块剥落的碎石
像是蜕变的凭证
石匠消失了　融进风中
佛在同一时间永恒

佛不管站在悬崖还是立在寺庙
都已经摆脱了苦难
他静默的姿态　点化时间里的浪人

他的手在化度的瞬间裂开
他的身体在弯曲的时候推开时间的束缚
他的头颅被刈去　留下的裂痕
蛛网一样张开虚无

他们依旧存在
佛用这样的消失　补充起
这个世界的完美和缺失

霜　降

那条河是你们的　你们的河
翻滚着黄色的浪
那条河也是我们的
我们的河里　同样翻滚着浑浊

而水是至清的
原本的水　曾经映出眼睛的光
心底的泪
是黄色的土抓不住自己的根基
流落水中　与水同归于尽

河用自己的笔　在弯曲的地上
画着痕迹
除非你站在高处
否则看不清楚他们身后的足迹
除非你站在河边
否则你听不见霜降的声音

你只看见与你同时代的水
颜色浑浊　一直向着远方流动
你看不到河的前世
只能看到前世遗落的蓑衣
你喝过的每一口水

都沐浴过前世的月光

霜降之后　河水一步步走向冰的坚硬
有人打开窗户
期待着冰封之后
嘎嘎炸裂的春季

一个人的背影

锡林浩特草原骑马

在草原上骑马　马飞起来
带我接近天堂

可以有无数个草原　高原上
唯有锡林浩特的草原　草比地面高出一米
1000 米的高原上
草有了胜出的可能

而飞驰的马　又比草高出了一米
高出的一米　恰是马的雄风

我骑在枣红马上　半蹲着
双脚踏进马镫
一手握住缰绳　一手插入马鬃试图抓住风声
突然的热将我烫伤
那是马血的温度
只一瞬间　将我点燃

我像火团一样燃烧
在海拔 1000 米的高原

在高出高原一米的锡林浩特草原

我骑在高蹈的枣红马上　飞奔着
却感到自己比草原上的草还低
比脚下的草原
更渺小

马的热血　烙伤了夏季

草上的夕阳

夕阳把蒙古包长长的影子
投射下来　遮挡已经裸露的荒漠
黑色的影子仆倒
扯着一块失语的灰布

这是我见过的草原
仿如一块谢顶的头颅
努力的草　丛生着
无力覆盖沙土
仿佛阳光无法遮住黑色的呼吸

一定是神的油画棒　画到这里的时候
缺少了油彩
一声悠长的蒙古长调　在悠扬处
沾上了一把细细的沙粒

在最美的七月走进草原
切断与往事的联系　牵着想象

追逐着远方马的影子
一脚深一脚浅
沾满紫色苜蓿染红的气息

我是在最美的日子赶来
却依然被一朵狼毒花　扎痛

草上的夕阳　扑倒所有的影子
留下一个虔诚的蒙古包和沙化的草原
扬长而去

一个人的背影

在你之前　苍穹就是弯曲的
草原的草　就像一棵棵没有拘束的灵魂
沿着阳光直射的角度　攀援

走进你的草原
我无马可骑　在你走后的八百年中
马已经渐渐走进了史书
仅剩的马已经不再是马
缺少了金戈豪迈和叱咤的铁血
马退化成为一个血红的名词

就像我　赶到草原来见你
辽阔的地平线上
只见一骑铁马　向着远方奔去
那些飘起来的铁　以马尾的姿势对着我
你手中挥动的剑

指向悬挂的太阳

"抵长之尽　达深之底"
再也没有人追得上你的马蹄

群马·黄昏

我必须等待太阳的画笔
一点点把青色改成金黄
把我　一寸寸拉长

我曾经扬起的四蹄　踏向虚空的云
飞扬的鬃　插进速度的缝隙
那些凋零的草　打开时光的卷帘
我曾经一次次出走
不再回归

而今我只是安静地等待
在黄昏涂抹的河边
我被黑色奇特地拉长变形

我像草一样噤声
像身边　所有低头的伙伴
忍受阳光的雕刻

白桦林的倒影

那些向着天空生长的树　突然向下
白色的披风　在风中

渐渐黑去

当我写下"白桦林"三个字
树就站在北中国
站在另一棵树的旁边
当我端起一碗水的时候
树　突然调转了方向
一头扎入
好像梦中埋进的一根钉

或者
这些都不是真的
在高纬度的天空　一片白色的树
只是像树一样
安静地立着　或者
倒立着

达茂岩画

从一万年到一百年
马群迷失　山羊顶着巨大的谜
一起走进石头的纹理

那些被月光照耀的事物　那些光
开始布满石头的内心
月光推开石头
径直走了进去
把充实注满了无人知晓的缝隙

那些点燃的篝火　在草上燃着
树木把自己的激情
用这样的方式释放
你拉着它　把自己的身体变得坚硬
你盛开的声音
响起黍子的香气

公牛　山羊　乃至你的舞蹈
旋转着
在高原的草原
在草原的茎秆上
你走了进去　并且
永远住了下去

每一个山头　都有了记忆
每一块石头都注满人的基因

以水为刀

破　碎

秋天站在地球的边缘　渐渐倾倒
四散逃逸的落叶　落寞的表情
犹似末日来临

而秋天原本是站立的　就像我们
长在地下　身体笔直
向着天空伸展
这不合时宜的姿态　总让我们尝尽了
万般无奈

原来倒下趴下弯曲　也是一种姿态
我们学会了生存

而秋天总是这样单纯
站立就是站立
即使倒地　也是那样的清脆

你们一定会听到　秋天倒向十二月时
琉璃坚定的破碎

以水为刀

接过这招致命的招数

弯下腰　让流过的水悉数汇集
无语的锋利划破皇家的更漏
子夜的钟声　点点滴落
古老

这是慢速的回放
你参与了命的形成
随着藻类的起伏　微生物的爬行
你打开自己　让氧气回归呼吸
让氢气参与分子
你剖开的断面　骨骼成为岩石
泪水凝成钟乳

你参与了文字的制造
把一寸一寸的日子焊接起来
让时光延长
古老的原始的本初的混沌的语言
埋进土里　含着一口水
就长出了所有的预言

从四面八方涌来
占领四面八方的位置
从一个命中进入　从另一个穿出
超薄的锋刃　游刃有余
灌注满古老的缝隙

你消失的瞬间　就是你诞生的时刻
没有什么老过你
你的锋利

夜行者

马匹交替落下的蹄声里　夜溜过
黑色的鬃拂过子时的钟鸣
所有的路被脚步追赶
你放开缰绳　跟在马的背后

行走就是目的
正如恰好飞掠上空的流星
指向时间的缝隙
你垂着手　步履交替
听得见自己和夜的心跳

这黏稠得无法呼吸的夜
遮蔽了多少梦呓
你不语
让石子跳起来弹向四周
自我疗伤的夜　能够在最短的时间
自行愈合　恢复如初

你是寂寥的终结者　你和你的马
穿过黑色高扬黎明
剑锋一样划破　夜

滴滴答答的马蹄声
踏着梅花　散落

真　相

谎言屏蔽了光线
穿不过的网　扯住了每秒三十万公里的脚步

往事一页一页翻开
在 60 年后的时段
真相站着
而所有受伤的事实躺着
时光的枪眼　流着愤懑和疼痛

那些沉默的语言　拒绝出声
宁愿在沉默中保持尊严
独立的声音　因为保存了事实的真相
显得分外的沉重和忧伤

埋藏的地点　常常由于过于偏远
而散发出低于现实的冷
偏振光后
折射的原理高过所有的起伏

筷子插进水里
弯曲的不是事实
而是水　是那种搅动了错觉的介质
是现实的黑　遮蔽的光阴

琉　璃

黑　陶

黑陶进入我们的生活　成为一个事件
成为文明的骨刺
黑陶的黑　被火红的舌头一次次着色
泥巴变得坚硬

摒弃的东西　正是水
和水一样的柔软
放弃的远不止这些　还有一种你看也看不到
闻也闻不出的气息
泥巴拍拍屁股
带着满脚的泥点子扑进火里
放弃了褐色的　黄色的出身
陶器诞生

这是一个实验的过程　总是要经历着
在热里滚过几回
才知道一把泥
怎样才能站成黑陶

一个正午的时候

沁润着茶香的黑陶
突然推开阻拦的空气纵身跳下
决绝的姿势那么迷人

可是黑陶再也回不去了
纵使它摔成粉末　纵使它
落在了泥里

琉　璃

琉璃打开火　把自己埋进去
琉璃的泪水流下来
把火焰一寸寸拔高

和你见过的不一样　同样的光洁
并不代表同样的密度
光洁度只是其中最小的一个指标
琉璃打开的宽度　不会为常人所知
就像沦陷在冰窟的马蹄
始终感觉不到冰的温度

而你
你这蕴藏着火　太阳　热量的石头
总会在黑暗中起舞
在 1000 度的蜡中蜕变
翅膀成长的过程　就是心灵坚硬的过程

因为硬　你才生出了满腔的柔软
冷静的目光

把宇宙的彩色涂抹成七种单纯的细线

可以说出你所有的　前世的秘密
你由热而冷的痛
无人看出

超现实的雪

善良的　能够嗅出雪的味道的人
会在大雪跌落的瞬间
泪眼滂沱

是雪　让我们手掌合拢
一粒一粒的雪团结起来
拥抱温暖　融化的水足以点燃冬天

洁白透过沉重的寒冷
那些雪　那些适时飘下的雪
像希望一样在想象的画布上挥洒
而我们多么想扎进雪里
把我们自己变成　纯粹的白

而雪是有硬度的
当你舔舐那灼烫的雪花时
是钢的痛苦　让舌尖变得麻木

你行走坐卧　在雪上
无论你的践踏如何　其实雪一直在你上面
雪高于现实

沉 船

生来就是流浪
比如风　掀起季节的裙角
比如孩童
牵过不安分的蒲公英

树的梦　和所有的梦一样简单
长出翅膀飞翔　渴望拥有另一棵树

是偶然改变了定数
一把锐利的斧头　让树倒在泥里
刨　切　粘　全套的工匠手艺
树干消失
木已成舟

"必须背叛　抵抗引力
才能长出行走的力气"

水的力量柔软　举起所有降落的灵魂和物质
举起船　铁锚　满载瓷器
送行的酒壶摔碎岸边
月光多了思念　木头开始漂泊

"借水行舟"　多么玄妙的理论
船借水背叛了木头
一如树木远离根系和泥土

谁的手曳住了鼓起的帆　伸脚绊倒了船

我们看到
树木以船的名义沉沦
再次遭遇泥土的掩埋

所有的花都涌向春天

总归要来的　顶着青草的绿
瞬间铺满了春天
你不得不承认　这就是力量
那些压抑不住的荷尔蒙的膨胀

那些离去的　　终归离去
没有人能拦住天空白云和候鸟远走的背影
那些倒在了喧嚣里的死亡
显得如此孤独

这个叫作青春的名字
被走过的人摘下来
就像墙上爬着的蔷薇　被随意采摘
曾经打开过花香的人
如今被花香隔开　一个远在天堂
一个坠入地底

所有的花都涌向春天
所有的青春　都在盛开的时代
挥霍着　失去

隐　藏

虚构的马

马腾空而起　四蹄踏上白云
那些风驰电掣的感觉
不真实的倒退
让人怀疑存在的真伪
奔跑的时候不嘶鸣
马的每一次奔跑
都朝向血液原始的本能
每一次腾飞　都拉长时间的弹性
马拨开风的阻拦　每一根鬃毛
都是逆风飞行的银针
马把自己变成咄咄逼人的
冷兵器
马只在收住脚步的瞬间
长呼一口气
速度与时间摩擦
响鼻中喷出的尖锐　带来
戛然而止的安静
而时间都是虚构的
没有起点　也没有终点
就像那匹马　此时此刻

正沿着河流的方向　蠕动
一条若有若无的虚线
一个似有非有的　黑点

这么静

这么静　这么静
星星在瞬间倾倒下来　我无处躲避

本来以为够高了
住到了太阳的怀里　那些混凝土的框架
带着通天塔的冲动

会不会离风更近一些　张开手
是否抚摸到月光的轻柔
飘窗向着夜打开
一次次误入歧途

我是带着木头升起的
纹理之细腻　或许会让木头的清香
暂时缓解一下身体的剧痛

是风吹动的松涛吗
此起彼伏　夜夜疼起的喧嚣
埋在纹理深处的木
把我的身体和水泥
隔开三公分的距离

时间开始了

夜飘向遥远
三十三层的墓碑　站满无边的寂静

（一只鸟　俯冲的姿势冲下
黑夜　终于痉挛起来）

红色狂欢

暂且把黑借来　趁着夜还没有来到
趁着身体尚且温热
光天化日之下　消费自己奢侈的性命

打开一扇陌生的门　却走进自己熟悉的内心
温暖的水声一次次响起　骨头弯成弓箭
时间射向永恒

那一片片红色的绚丽
泄漏了生命的奥秘
你不可能比现在知道的更多
也不会比疼痛更感到幸福

而那些隐忍的内伤　寻找疯狂的出口
力量与力量纠缠
孤寂与占有同行
在狂欢中沉寂下来的乳酸
累积在骨头的缝隙

而夜
真的来临

最后一枪

说出这个词之后
时间死掉了
所有的一切只剩下前世的　记忆

这是个多么有力量的词
它分割了阴阳昏晓
斩钉截铁地将铁一分为二
注入浓浓的情感
遇见的乡愁　纷纷落地生根
从此不再漂流
而曾经的生命　在点燃的瞬间熄灭
只留下最后两个残缺的灰烬

隐隐作痛的心脏　电击回忆
让痛的感觉穿越神经的热线
最后一枪响起的时刻
记忆里只留下暖暖的热
而忘记了"最后"之前
流血的目的

亲爱的　之后的岁月都留给你
在这之前　我只记得你的爱
蛛丝一样环绕我的身体

说　出

一只被抛弃的果核　泄露了生命的

全部秘密
它的重量　不只是挂在树上

一次次可怕的杀戮
被埋在童年的黄昏
一次次叫声　穿越 40 年的隧道
那垂下的手不是因为无力
只是因为无力的感觉
手臂不由自主地　一次次下垂

必须承担
所有的一切都不是结果
却是你不得不接受的判决
说出之后心轻了　凋落的种子
越发沉重

隐　藏

那些躲在背后的东西
丰富而且清晰
蜘蛛的语言　麻花的柔软
插上翅膀的语速
被逻辑们贯穿起来
黑暗关上门　世界从此消失

那是显性的世界张开的眼睛
我们不巧碰掉的瓦砾　掉下的瞬间
让这个隐形的世界　痛了一次

还有多少隐秘我们不曾知晓
还有多少东西　躲着明亮

黑夜的伞打开着　拢紧翅膀
它们就在我们不知道的地方
过着我们不知道的日子
好像真的离我们很远
远到　仿佛从来就不曾存在

谁能说自己是超脱的呢
你的身体
已经陷入不可知的尘埃

密　码

或者这就是数字生活的核心机密
每一串符号
都锁着一个秘密的大门

一根枝丫上缠着十个数字
从 0 到 9 叮叮当当地敲击风铃
一棵大树下面　立着分不清国籍的二十六个字母
咿咿呀呀圈着命运的宿命
一串长短不一　面目不清的标点
举着意义含混的舞姿

从红尘进入　从玄虚逸出
生命逃不过这样的定义
深入到三维立体的秘密　没什么比人性更加玄奥

黑暗从不设防
只有密码锁住所有的通道
放行是你的唯一

握住这样的符号就成为国王　拥有了自己的独立
握住这样一串符号
就永远锁定了星空的清淡　灵魂的孤寂

可以更换　也可以遗忘
总有一个新的替换
打开或者遗忘
你走过　它随你一起消失

这个世上
如果你忘记
那才是永远的黑暗　永恒的消失

恍然隔世

风中芦苇

临水而居
我　只是一棵长得很高的草
一年一度的期待
一生一世的轮回
我在等待秋天
那一阵又一阵　摇曳的秋风

我草本的生命
注定了芦苇一生的短暂
所以我放空自己的内心
用无心面对这个嘈杂的世界
空空的秆薄薄的情
让我学会生存
曾经出现在别人的谚语之中
曾经在野火下毁灭又重生
我好像一朵飘动的云

是秋天改变了我
是你成熟以至凄凉的偶遇　改变了我
你拂过我　摇动着

我生命中美丽的芦花开始飞扬
摇曳的　我一生全部的沉默
在这一瞬间　炸开

短暂的一生就要过去
也许我们再也不能相见
可是会有更多的草和你相遇
它们有着和我共同的名字
芦苇　芦苇
你前世的爱人

蓝色天际

仰视的时候
蓝天的呼吸舒缓平和
一群匆匆而过的候鸟
划着黑色的箭镞

翅膀有力地搏动
涌动的云和急促的风
打着优美的音乐节拍
一个无声的声音在喊
飞啊
飞

是什么在诱惑着翅膀
是什么在提升着高度
魔幻的色彩变幻的蓝色
我听见心的呼吸急促

一个声音在迎合着
飞啊
飞

不在飞行中永恒
就在静止中坠落
所有的心都已经打开
做着无翼飞翔的姿势

恍然隔世

那么深的水也没有隔开
沙漠与绿洲　你只是回眸一瞥
鸟儿们仿佛听到了指令
汇聚在七夕桥头
打破了一个世纪的沉默

偶然的交汇　偶然的
离去
没有谁惦念着　流星的轨迹
海面上　升起了一轮年轻的太阳
月亮上　长满了小母亲温情的目光
仿佛一切没有发生
仿佛　从来就是这样安详

鸟儿开始顺着季节
提前迁徙
从遥远的北方　奔赴遥远的
南方
顺着阳光的道路

挥动有力的翅膀

这样的一切如此自然
仿佛千万年来　只为了等待
你的回眸
南方投来的那束阳光

梦花园

只是撩起夜色一缕轻纱
妙曼的藤蔓就爬满了星空

这样的时刻只为梦而准备
流水冲洗着尘埃
花朵陷入月亮的温情

孤独的声音拨开茂密花园
从深深的海底浮起
一千种欲望打开魔瓶
黑夜比黑夜还黑
孤独比孤独更深

月色穿过一个又一个音符的间隙
在思想的边缘
花儿一样地开着

水　印

断断续续的歌声
流动之后

开始滞留在琴上
是谁
放弃了手中的弓弦

飘进冬天的风
敲打固若金汤的门扉
落叶比诗句还要凋零
深情止步于咫尺之间

爱人
什么样的脚步如此遥远
什么样的思念穿破冬天
从爱情上滑落的最后一滴泪水
途经天堂的宫殿
落在人间

十二月

冬天在你身外　在温暖之外
你用润玉之手　拂过十二月
染满了醇香的日日夜夜
开放在绚丽的怀里

似乎已经很久很久
那些飞起又落下的花喜鹊
守在高高的枝梢
如果寒风高过了自己的声音
他们宁肯站立枝头　也不再发出一声
纵横的树条纠结起来　家在他们身边

变得质感和乡韵　让来来往往的游子
一再忍不住　潸然回首

而此刻
我只能站在北方的最高处
面向南方　听着风声
想象你捧起围巾　系住
暖暖的往事

穿　过

提笔的瞬间
手臂僵直
时光的秒针脱离
破碎的声音　响起玻璃的尖锐

有谁　看见了风
穿行在石英的缝隙

往事轻轻舞动
绸子般的日子　滑落
一声不易觉察的叹息

热烈的阳光
挤过窄小的思绪
铺展成一片鲜红的海洋
摇曳的香气
袅袅升起　你的脚步穿越七月

没有人看到水在流泪
正像没有谁
听见风穿过　寂寞

大河东入海

走 向

水的走向与河无关　水划破时间
选择最短的直线
水穿越事物的纷繁　直达终点

而河总是世事洞明　历经沧桑
经过中国式的九曲十八弯
河　无一例外地抵达和谐的海面

那条叫作黄河的河
也是其中的一条　它不停地摆着尾巴
在中原划着扇形
从一千年　到另一个千年
忽而向北　忽而向南
忽而打开高悬的堤坝　放出无尽的泥浆
忽而卸下成吨的泥沙　造一个桑田

其实它只是水的一件外衣
水脱下衣服　像蝉蜕下黄色的礼服
新生的土地上　多了一片绿色的歌唱

水是河的存在
没有水的河会在干涸中死亡
河是水的依托
没有了河的温婉相承
水
终将迷失在大地的骨缝　时间的海绵

宿　命

天终于升上去　越来越高
直到高过传说
河降下来　宽容从天而降
水降下来　宽阔地舒缓地降落
河　终于变得更像河了

即使是黄河　也终于无法摆脱
东归入海的宿命

这是何等的无奈
河推着高原一路向下　推着沙
河把自己的命运博上
从 5000 米的高度　挥手掷下

这是河的命运　是那条叫作黄河的水流
虚构的情节

没有什么可以摆脱这样的命运
水是向下的　衔着海拔降落
海　张开吞噬的大嘴

既是命运的操纵者　同时也被命运
所主宰

向东与向西

驴车拉着成捆的苇子
从黄河滩涂离开
农夫牵着驴　把背影留给夕阳

随手划过一个半圆　太阳从西平原上降下
黄色的波浪
摇着满河的浊水　朝着东方奔涌
一切都在高处
唯有海　伏在海平面
唯有农夫　习惯性地佝偻着身子

谁说低垂的　不是永恒的存在？

黄河向东　夕阳西下
人走在回家的方向

又逢君

顺水而流　沿着船头的角度
直奔海心

海是不需要预约的
你可以骑上风　随时追逐每一朵浪花的梦

而人生总在错过
五千年的时光　你错过了河边走过的所有先人
那些纷飞的落花　槐香
在五月的翅膀下——凋零

幸好还有满树的绿叶
让满地落花　有了重逢的可能

黄河没有错过孤岛
天鹅没有错过湿地
你的再度莅临　让黄河沉沙为金
让海蓝抚平翡翠

大河东入海　不舍昼夜

末世：第五季

立 冬

不请自来的羽毛
换上新装　骑上迁徙的风
无法改写的密码
注定颠沛一生

雪花　落在芦苇的后面开放
却在降落之前　见证了完整的生
亲人　你不声不响地离去
打湿了腊月十五的月光白

除了风
没有什么改变
除了死亡　没有什么长过一生

菊 花

同样的盛开
绽放不同的含义
或者供奉秋天遍插怀念
或者卷起白云　香吹三千落英

陪伴过鹤嘴锄　狼毫笔
盛开的瞬间　将竹简染旧
露珠滚下南山
隐在林中

从暖处来　奔寒处去
双肩抖落尘埃
命中注定　在高处开放
在低处垂泪

旗　语

旗是标志　是你指向天空的话语

旗帜下是无声的汇集
从远古赶来的茅草和兽皮
擎着呼应集合
高过天空的语言　总会低下头
压低声音　悄悄述说

如果你就在对面
如果此时此刻　你正在星空下面
面对我　迎着迅驰而来的光

那是扑面的亲吻
是飞鸟羽毛的舞蹈
涌动的激情　深不见底的黑暗
穿越厚厚的尘封

你举着僵硬的手臂
划过冰的透明
回应

爱人
和死亡的爱情

末世：第五季

预言　早就刻在石头上
长在羊毛下
各种复杂的记录里　结论
惊人的一致

5225 年的时长　终究还是可以计量
那些飞去的时光羽毛　被太阳的光点燃
灰烬洒进了墨晕里
在几生几世的时光轮上
没人能够握紧　沿切线飞出的尘埃

一阵阵的痛　划开硬的冬天
你我相遇的此刻
恰好赶上第五季的末班

有十八种可能　让我们告别
在这个零度的时间起点
尊严的选择　成为一种奢侈

何似在人间！ 漂浮水面的方舟
载着慢慢变老的你我 直到老死人间

而新的神祇还没到来

致死亡书

至少有两种方式 左右我们
至少有三个向度
指引我们 认清所在的位置

这是一个"我们"的时代
复数的表达代替了"我"
我们 是这个复杂光阴里
被指定的一群

就像真理 披着高分子的薄膜
出现在庸常生活里
那些光洁的表面被特别处理
各种芳香的链 近乎完美的聚合
深入到各个层面 无所不在

皮肤下的血管 血管里的红色液体
按照纯粹的生态原则流动
这是非主流的真相
却掩盖在另外的事实下面
两种从未交融的时间 语言
披着不同价值的外衣
好像变色龙总在适应的阳光下

调整虚构的真实

"生存的虚构！"
你苍老的声音如此苍白
时间在每一秒钟自行掰开
一半留给阳光
一半属于黑暗

你活着　或者活过
已经都不重要
打开的伤口终究结痂
就像死亡　终究不可避免
更无法回避

是选择
让生命接近神性——
"态度　决定了存在的硬度"

黑的光

随手拉灭灯　关上月的舷窗
抹去想象的星星
黑与黑较量着　比试着
看谁先败下阵来

时间　从来不会比后面更短
也不会比前面更长
那个 60 秒里强加进去的 1 闰秒
只是为了应付感觉

就像你站在前面　从来不增加什么
也不曾减少什么
在 60 秒之外的一秒
在 24 小时之外的一刻
黑夜打开光　　时间打开宽度
生命打开了可能

起伏的地球上　谁的长发
飞成瀑布

在夜里接近西安

老 墙

它悄无声息地隐在夜里
就像一丛偶尔露头的灌木
把古老的部分
埋进尘土里

我们在夜里接近它　在夜里
成群结队地走近
不是害怕更与崇拜无关
我们只是一群过客
无意中触碰到了时间的机关

过分锋利的聚光灯
用光　镂空了夏夜
把多余的黑覆盖在砖上
城墙下的洞口
空出了铁一样的坚硬
巨大的想象力　像飞射的箭镞
击中隐藏的痛

而今夜　我们这些

来自山西山东北京四川湖北内蒙古的诗人
从四面八方向着圆心飞来
向着这个兀立的城墙飞来
把自己的影子　牢牢钉在
老墙厚厚的黑里

老　土

一定不是最老的土
却一定是比古老更有老的理由
在临潼的一口水井边
我们找到了进去的入口

那是从黄土进入彩陶的入口
软糯进入坚硬
无知进入无知
冷进入更加的冷
排比并不能改变秩序
却让我们从整齐划一中看到
统一的意志　也看到了
不同

我宁愿叫他们兄弟
那些陶俑曾经叱咤在尘世
它们刺破鲜红的火焰
把热埋进心中　然后握住
时光中一个微微的颤动
让自己冷静下来
冷成一团寂寞

冷成一团黄土的　深渊

我只够抚摸一下掩埋它的土
却永远无法触摸到它们的身体和微笑
无论完整还是破碎
它们都是时间的蜕
是穿破了物质的
神的停顿

老　汤

低温的泉水
养育了盛开的莲花
高温的汤水　洗涤莲花下的泥垢
山中流下来的水
被时间圈起
养着一串串传说

我们穿过夜
半裸的月亮　照亮竹简小篆
现代的比基尼掩在水中
欲望起伏
梦想遭遇前朝的皇娘

从一万年到一千年
从蓝田猿人到蓝田温泉
热水流过的地方
浸润着蜜香

今夜　空有这样一池老汤
我蘸着一颗蒜瓣月牙
品着不一样的味道

老　腔

沿着鞭子的尾稍炸出
秦腔　甩动闪电
挂上黑夜的弯曲

我们路过的时候
被它扫了一下
一鞭子的痛　直达心的虚空

用一团柔软的面　埋住麦香
打破虚妄的承诺
一碗裤带面
拴住滑落的乡音

秦腔勾住火辣辣的日头
无论过了多久
依旧还是那个模样

遭遇泰山

在泰山遭遇雪

口渴的人　总是掩藏渴的念头
若无其事地跑来跑去
流下更多的汗水
渴死更多的　渴望

正如我　若无其事地活着
无雪的冬天　从不说起雪的
任何事情
而雪总是在不经意间降临
在所有的窗户上写满突然
雪用一场陌生　轻而易举地阻止了
惯性　淹死了熟悉

姗姗来迟的雪
用一片划过泰山
用另一片　打湿了海

滚动的球

雪躲开了冬天　却在春天现形

不论城市还是田野
落雪　一视同仁

雪　撞落泰山的沉默
满山的石头　滚落成雪球
雪让稳如泰山的俗话
变得轻盈

谁敢说　雄浑的泰山不能滚动呢
抖落满身的古老
雪　为泰山整容

路　过

一声令下　那么多的雪赶来
仿佛只为路过　那些明朝的
牌坊　宋朝的城
还有唐代的国槐　汉朝的侧柏
在瞬间变得陌生
这些青砖石头与木的隆起
总叫人担心
那些古老的锈　不知何时
就会一片片剥落

雪只是路过
顺便把一幅幅构思
随手打开

究竟是雪路过了这些物体

还是时间路过了这雪呢
泰山被压缩成了一张宣纸
在上面　写满神的手谕

子夜落雪

你们不知道　雪花
是曳着流星的尾巴降临的
在夜的底片上
一片雪花　被拉长拉长
成为一道白色的闪电

雪一寸一寸增长　落地后的雪
用这样的方式
书写着雪燃烧的烈度

雪一如既往地白着
即使漆黑　也无法遮蔽它的光
它的愤怒沿着倒垂的冰溜
一如旧时的冷兵器
脆弱　却不失锋利

柔软的雪　因寒冷
而变得异常坚硬

千佛之山

千山之上

把佛放在心里
温暖的佛龛　盛过冷冷的石头

用手剥开石英的外衣
把种子埋进去
佛走进的却不是石头

那些坚硬的莲花　开在妙曼的水流上
那些时间打着旋涡
你来过　波纹就长在了合起的掌心
你不来　波纹依旧爬上额头

有一千尊佛　就有一千零一个缘
有数不清的开始与结尾
手指指向丛林的刺尖
疼痛的无语　全凭低首的顿悟

不能向时间追要答案
佛只在千山之上　额首

千佛之山

山站立着　以不变的姿态
定义稳定、流动以及种种名词

千佛山上　佛让出山顶
给日月　给空气
让出更大的辽阔给人的心怀
佛只在山的一侧　每一个过客
都感觉到了山风扑面　法力无边

朱红的字携带红色　把佛镌刻到石头上
你看到的只是表面　佛早已经深入
坚硬的石英　佛也在
钙和硅的原子核中

更多的石头站立起来　抱成一团
支撑起画栋和飞檐
佛显现的庙宇　只是告诉人们
一把泥　一块石头都有永恒

我走下千佛之山　八点七分
神舟十号恰巧辞别宇宙
穿过时间黑障
降落在　平安的阿木古郎草原

隐喻的时刻　宇宙和一千尊佛
同时降落人间

在历山院看月落

那么老的山　那么多的佛
那么早的时光
月亮还没有来得及落下

赶在老去之前
赶在记忆消失之前
每次　只往前走一点
再走一点
每次都有更高的台阶阻隔

从无语到无语
看起来只有一步之遥
却是从冰走向水的距离
融化只是某种形式的破碎

清凉的早晨　月亮很美
时光很脆

雪落泉城

因为泉　一座城市留下了名字
留在了水和水的间隙
被水洗过的泉　让汉字盈盈欲滴
而雪总是要来的　就像命运
你知道它的存在
却永远无法预测它的降临
每年的等待

成就了农历的年画　诗人和怨妇思念的梦

城蹲着
注视着过往的尘埃　战争和杀戮
忧郁的眼睛流着清澈的水
时间结成了老茧

有一天城上的砖头变成了丝
抽丝剥茧似的飘离
城追着建城的人去了
只留下泉水　黄花一样独自清瘦

披着谎言降临的雪
掩盖了一切

百脉泉看泉

泉是水的眼睛　泉睁开眼
看见了流动
水从容不迫　从暗处走向高处

我见过的墨泉　就是这样的一种
推开两亿年的时间
水从地心浮出
带着黑色的影子　水浮出
用一条河　证明自己的清澈

我不是一个追泉的人
在跨过的步子中　我几乎是在盲人的眼里

百年新诗百部典藏

一次次选中你的名字
比如　我就这样叫着百脉泉
揭开白露的白　在泉水中一次次沦陷

我看到了泉的名字　却没有看见
水的流动
黑夜的黑慢慢移上了泉口

即使没有水的流动　也不能否认
水的存在　从一个女性的身上
我看见了所有的泉

第二辑

遇　见

遇见五当召（长诗）

第一部分：沿着词语进入

1

词语沿着不同的路径　一寸寸逼近
有时候　垂下的尾音
正好带着一个时代的标志
两千六百年前　在菩提树下觉悟的佛
从故乡的树下开始迁徙
一路向南　一路向北　一路向高处
一次次超越语言的隔阂
在渐渐远走的路上
殊途同归
有一支走在最高海拔的山上
在炫目的信仰中　扎下身来
庄严的黄色　于千千万万的世界中
单纯起来
单纯到只剩下一种颜色
只剩下一种形态
只剩下一个名字

巴达嘎尔　五当召　广觉寺

阴山下　与你猝然相遇

2

巴达噶尔　一个多么圣洁的名字
藏语用美好的嘴唇　轻轻喊出这个词汇
一朵白色的莲花就悄然打开
佛光照亮人的眼睛
光芒度过佛的脚印
莲花推开花瓣
深山草丛里　一座庙宇冉冉升起

喜桂图　五当召　这是蒙语的词汇
有森林的地方　柳树庙宇
是谁的手拂过　那些纷纷触落的树叶
一片片落在大青山上
落在水流掩埋的地方
蒙古的语音　再一次改变了它外在的称谓
猎猎的蒙古马刀
在静静的呼啸声中　变成一道回忆

3

这是一场自然而然的逆动
水向上流　人向上走
白云低下头来
在一座叫作敖包的山上
寺庙升起来　面向南方
跌坐

水向上流 沿着巴达噶尔的茎叶
舒展白莲花的鲜美
一切都有可能 这种向上的牵引
让水一直演绎 内在的滋养
这是一场看不到的必然
无论是柳树
还是柏树 还是任何一种有生命的树种
都会在佛的水一样柔软的目光中
消融

4

注定了这是一场融合的杂交
梵文 藏文 蒙文 满文 汉文
在一场进入与抵抗的过程中
语言败给了水
水败给了流动
流动的水 找到了洼地
用以盛放虔诚的人心

五当召 端坐在海拔 2200 米的高度
一声不语

第二部分：在矗立的建筑中构筑传说

1

总要在传说之中建立最初的基业

那是人向大地许下的第一个宏愿
在寻找的途中
一切必将按照佛的指引　伸出手
握住垂下的那一缕光

必定有一只白色的金雕
飞掠人的上空
它俯冲下来
衔起经冠和哈达　向着远方飞去

找到佛的指引
这个来自佛国的大鹏　飞在大地之上
天空在它的翅膀上摇动
在敖包山上　一只牛犊踢翻了奶桶
白色流过土地
恰似一道平铺在地　弯曲的
哈达的蓝图

没有比金雕更高的翅膀
没有比牛奶更白的液体
在安下第一个愿望的山上
神迹已经一一显现

2

一无所有的手　合十之后
可以长出一世一世的种子
那是白色的却依拉独宫　那是未来佛站立的根基
你热烈的掌心　生长出无限的热

一块块增高的石头相互偎依
把热收藏　把热传递
庙宇站立的时刻
一块块冰冷的岩石的硬
变成了生命里的无限柔软
在深不见底的时间里　孤寂和痛苦
有了暖暖的回音

五十六亿七千万岁
让一切变得有所期待
在未来的时光里
洞见了今生的一切

3

是谁　绕行在转经的路上
沿着时针的转向　一寸寸地行走
手里的转经筒　按照同样的规律
转动

严守的戒律　让纯铜的铸像
在佛的名义下
一层层上升
宗喀巴　站立在大青山喇弥仁独宫
用一袭黄色的尊严
改写了九米的铜身
幻化的一千种神态
抵不过一个简单的姿势

我穿过经堂　喇嘛府
在一座座土楼下停住脚步
仰面望去
每一块石头上　都写满白莲花的隐喻

4

石头因为站立而高大
庙宇　香火　燃烧的袅绕
因为站在佛国的指尖上
一块块紧密团结的石头
高大到了云端
它们藐视了一切低俗
却从不轻看谦卑的垂首

第三部分：从唐卡中醒来

1

三柱藏香　打开一个世界
藏香派遣出精锐　在袅袅之中
连接上天
我们匍匐在地　在虔诚的仰视中
看到黑夜里忽明忽暗的火星

这是全息的暗示　是你轻启的门扉

供养的佛　站在点燃的藏香之上
灰散尽

香进入心中

2

巴达嘎尔　从唐卡中醒来
打开又合上的画轴
隐含着多少玄秘
万般的妙曼　佛国的庄严
在一张薄薄的绢丝棉布上留下痕迹
众沙之上　随手抹去万千荣华

用想象　描绘出天国的绚丽
用丝绸记录下万世不变的故事
打开是一道光　一道震撼
卷起来　就是一道神秘的光束
一年一度
晒大佛的时刻　唐卡在巨大的山上
缓缓展开
第一缕光从东方升起

无论打开或者卷起
唐卡　把黄金的颜色和珍珠的光芒
把千言万语一一收起
轻如蝉翼的唐卡　一直重如千钧

3

我无法悉数
在各个大殿的墙壁上

佛穿过时空　拂过色彩
在一一述说着前世与未来

太幽暗的黑　太沉重的黑
让肃穆变得凝重　甚至窒息了呼吸
那种金色的粉　松绿石的翠
加重了墙的厚度

壁画　在残旧而低垂的记忆中
闪动
无法穿透的愚笨　参不透色彩的狰狞
我只有俯下身来
低过头
匍匐在地
聆听上空的飞逝水流

一万个拥挤的记忆
其实只为我打开一个通道
向着莲花盛开的云中
凝视

我宁愿回归到最简单的一个动作
一个呼吸
一声低语

4

在一个末法时代
一切都需要用宏大渲染

在一个繁复到极致的色彩中
我看到了五当召
大道至简中　纯粹的白

盛开　必是五彩斑斓变化万千
凋落亦是殊途同归
在太满的色彩中
我宁愿　选择
空

第四部分：遇见五当召

1

高原的太阳　照耀在头上
照耀在经幡摇曳的敖包山上
山上有神庙
有佛舞动的笑容

水生的莲花　柳树
摘下自己曾经的美貌
放在五当召的寺前
指引我们的是石头　是圣山
我们却感到了灵魂的沐浴

这不是第一次　肯定也不是最后一次
遇见五当召　是今生无法回避的
命中注定

在这个没有柳树　也没有白莲花的季节
内心涌动着透明的纯净
我们是发光的太阳　卸下执着
我们自证清明
正觉寺前　把自己变成一声颂扬的
经声

2

安睡过阿旺曲日莫活佛的寝室
如今变成了盛放舍利的苏卜盖陵
活佛在一个个转世中永恒
一世　二世　三世……七世
在等待八世活佛的日子里
时间停顿了五十一年
没有什么比虚妄的等待
更令人战栗
在活佛缺失的年代
睡在心里的活佛　尚未转世的活佛
在哪里

在一片石头叶子下面　人的声音弱小
日暮渐渐融进黑暗
相比毁掉的建筑
空白中消失的佛的声音
更需要恢复

一只燕子飞过寺顶
一千只燕子飞过天空

它们斜着　横刺过空虚
看不到它的巢穴　也看不到它们停歇
它们不停地进出　忙碌着世俗的生活
诵经响起的时候
一切安静下来
安静得像一副缄默的睫毛
它们低垂着无比的虔诚
礼佛

更多的人匍匐着　从四面八方
蜂拥而至

3

不知何时来　也不知何时走
仿佛一直就在这里
转经的路　一直就这样
环绕在山路之间宫殿之间
从来不曾中断

就像时间的纽扣上
系住的哈达　没有接头
从来不曾断开

河水可以干涸　代之而起的
是更汹涌的流淌
满山的经幡　摇响从不停息的水声

4

旋转的时轮　在双鹿之间
在手和心之间转动
圆满的悟　打碎了纠结执着的棱角

远处
一个声音在五当召的高处
隐隐传来……

注：五当召位于内蒙古自治区包头市东北约45公里的大青山深处。五当召是国家重点文物保护单位，与西藏的布达拉宫、青海的塔尔寺和甘肃的拉卜楞寺齐名，是中国藏传佛教的四大名寺之一和内蒙古自治区最大的藏传佛教寺院。

蒙古语"五当"意为"柳树"；原名巴达嘎尔召，藏语"巴达嘎尔"意为"白莲花"，"召"为"庙宇"之意。始建于清康熙年间（1662—1722），乾隆十四年（1749）重修，赐汉名广觉寺。第一世活佛罗布桑加拉错以西藏扎什伦布寺为蓝本兴建，经过康熙、乾隆、嘉庆、道光、光绪年间的多次扩建，逐步扩大，始具今日规模。　因寺庙建在五当沟的一座叫作敖包山的山坡上，所以通称其名五当召。

第三辑

琉璃湖畔

流 逝

落 霞

我用了半生的力气　掰开秋天
那些饱满的汁液
把最后的黄色　一点点染甜

秋天在瞬间落了下来
猝不及防的种子　摇着风的吊篮
一起灿烂

我变成一片燃烧的叶片
沿着湿润的秋水
消失

消失　在你面前
在落霞尘埃间

成 真

水漫了起来　一圈一圈上升
淹没月光
柔软滑向女人　银丝飘向故乡

谁的脚步迟缓　夜越走越远
音乐推开窗户
北方的阳台上　即将凋谢的菊花怒放

睡美人靠在梦的肩膀
垂下清凉的死亡

流　逝

玉米粒一颗颗走着方队
金黄的口号此起彼伏
秋天踉跄着醉倒　无人的旷野
点燃满山红柿的灯盏

远远传来的口号
无情地传开　没有丁点儿回音
野岚牵不住秋虫的呢喃
露滴　摇摇欲坠

水从天空中倒悬流下
抽空了秸秆　树叶和丰腴的秋天
犹如巨大的抽水机
有节制地敲响时光的指节
疲于奔命的植物
再一次倒在设定的谋杀里

亲人
你看见倒悬的血管里四处奔涌的红色了吗？

走失的妹妹
总有一天要回归

香

燃烧　把时间一圈圈拆开
解构自己
灰色下降　青色上升

来自木　用五种形状显身
卓而不同的味觉　巨大高耸的力量
把所有想象写进年轮
从火中取得真谛
微笑里赢得重生

推开门
望见生死盘腿而坐
袅袅之中　梵音绕开身体
脱颖而出

不虚此行

什么样的瞬间值得炫耀
月光照亮尘世
风恰好扶住你飞起的发梢
夜
渐渐黑了

而行走从未停止

煤炭用了多久才走进地下
滚滚石油又是用了何等的力量
才从岩石中逃离

光　打开画笔
在苍穹上书写
一撇一捺都那么周正
让目光变得分外张扬

不虚此行
光线扫过未来
照亮你迟到的眼睛

红　锦

且看丝如何破茧　如何
于万千条丝之中抽身而出
弯下腰　亲吻劳动
从粗糙的大手里　绕出彩云

飞流的时间和挣扎的生命
纠结不清　月光打一个结
点中坐标的原点
恰似一条锦　被夕阳染红
泾渭分明

而你披着锦绣的前程
走下黑色天空
像一滴偶然的雨　降临

逃 亡

奔走成为本能　一次次逃离　从来没有理由

种子奔跑着　一头扎进黑暗
扯些战栗的阳光　湿润的泪滴
静静小寐　然后挺起身体　沿着天空的高度奔去
甩不掉的引力　始终提醒着
作为一棵树的命运　命在奔走
在父亲的命中化为有形
以每秒 17 公里的速度射出　母亲变成土壤
携着命一起奔走
黑暗的水中　命挣扎着
时刻盼望逃离母亲

命逃离着　一直在路上
无法摆脱身后的追击
命　缩起肩膀躲开暗算倾轧
绕行满目的疮痍
逃亡　成全了自己的命

所有的命都把弓弦拉紧
让自己变成那个飞出的暗器

命不知道
每一条路　都是蜘蛛设下的埋伏
丝上挂满飘摇的干尸

雪柔软

突如其来的雪　落下
落在柔软之上
钢轨静卧　忍住渴望
电流飞越三千尺
直达爱琴海岸

一波一波地涌动
看不见泪水涌出
贝壳沉在海底孕育矛盾

打开　柔软的雪洁白
关上
沸腾的铁冷却

听 海

雨 中

时间缠在火车轮上　六小时的长丝
把日照从想象中一点点拉近
我不是归人
终点只是我的驿站

距离太阳最近　让所有写下你名字的人
羡慕且温暖
日出东方　大海上洒满黄金的碎片

宇宙之水倾斜　雨把城市虚掩怀中
陆地为河　湮没视觉
好像人生陷入的某种困境
让踏上日照的双脚
一深一浅　茫然迷失

看不到日出　就打开想象
让心穿过雨幕直达三千万的高度
你看到的水　只是一场纷落的花瓣
正像一场莫名的雨水
浇不灭日照上空的灼灼太阳

紫　藤

把自己的名字摘下
紫色交给花　花交给流水
紫藤　把时间打成一个结
一千年的银珠　从月亮上
慢慢滑落

天生柔弱
紫藤的身体纠缠着　匍匐
风掀起叶片的舞蹈
紫藤把自己埋进木头的纹理
扶着直立的阳光　尝试站立

紫色的火　燃烧在五月的浮来山
千年如一日　从未放弃

在　莒

一个残存的文字　把时间打开
掩埋的城露出莫测的表情
抖抖尘土　哗哗作响的鳞片
从青铜巨鼎上跌落

谁的心在微微一痛？

被掩埋的陶　挣脱泥土的追击
却躲不过火的灼烧
一双拙朴的手在泥胎上滑过

他说 春分了
太阳穿透云雾 分开了四季的浑浊
他说播种了 阳光穿山而过
陶豆沐火而生
盛过的水 沿着更漏一点点流走

那个古国露出头来
"勿忘在莒"
他说过之后 莒国转身走掉
5000 年的古墓渐渐合拢

听 海

不是所有的海
都适合阳光的涂抹
雄性的海 更需要阴柔的抚慰
日照 是要在月光里细细倾听

海水手牵着手 一字型排开
它们冲上沙滩的时候 像一群
赴难的鲸鱼
夜幕里 海把深邃的蓝藏进黑色里
把星光留给人类的童年

它们如歌似吟地鸣叫 划开时间的花瓣
海贝打开歌喉 唱起低音的牧歌
那么多的聋人 一起仰起谦卑的头颅
感受美妙的歌喉

面对大海
我们唯有脱下最后一根丝棉
把自己埋进蓝蓝的黑里

细沙流过我们的赤裸
我们
成了海的音符

日　出

东方　日出初光先照
比这个名字先期到达的是传说
以及比传说更加古老的太阳
划过时间的起伏　日照达到的时候
东夷正掀开尘土
以手加额　望见渤海以及回归的潮头

海在这里弯曲
海把自己平铺成 180 公里的曲线
把岩石磨砺成一把细沙　把点点滴滴的泪
埋进蔚蓝
海　抱着水一次次远走他乡
又一次次推着沙回归
月光挂在钩子上　拴住海的喧哗

这是海的命　是无法摆脱的宿命

穿过山林　丘陵和平原
我像蚩尤一样走着　脚步敲打鼓面

回忆打破记忆
回家去　我的脚步飞奔起来
雨打在脸上　痛了游子的心

已经把全世界的海水　都汇集在了一起
为什么还一次次拍着大地的海岸
放不下　这纯粹东方的牵挂

太阳星辰

看着流星跌落

推开夜色浓郁的秋天
寒露滴下
鸟的歌唱变得凄凉

你远远走着
水在生活的深处流淌
没有人看出其中的奥妙
你还是你
只是秋天已经不是当年的秋天

一个呼哨从空中划落
风窜过原野
季节的地毯已经换装

你无助地扬起头
好像地球望着太阳
谁也无法改变什么
落星像胸中盛开的无奈

不知不觉中

中年的秋天
已经来临

太阳星辰

这样的日子是用黄金锻成的
我是黑夜的儿子
听到你男高音的歌喉
动人的声音让人振奋

我不是你的臣
但是你的光芒
还是打湿了我的眼睛
在我诞生的时候
我的哭声从下午两点开始

我膜拜一切神秘
崇高的风舞
威严的雨声
还有你高高在上的光辉
我恐惧旋转的星
在流星的泪水中默默企求

成长的恐惧
无助的祈祷
在我四十一年的岁月里
撒下点点碎金
成熟的已经成熟
青涩的依旧青涩

是谁站在太阳的高度
一遍又一遍地发出响亮耀目的声音
星辰啊
我顶礼膜拜的
太阳星辰

抽象的天空

陌生的你走过来
交错瞬间
你我已相识千年

我是抄快捷方式走近你的
在文字的花园
你和春天一起盛开
我把阳光细细采集
爱和脆弱的敏感
被你的声音打败

距离我最近的
是那嗅觉的奇艳
那些芬芳的青春　飘逸的流彩
直接越过岁月的篱笆
把我追赶
此刻
你是距离最近的
此刻
我在你的呼吸里存在

为什么仍有独立的月光撒了过来
你的眼睛星星般闪烁
这样的时刻
天空变得哲学起来
距离越过距离的阻隔
在无限接近的时刻
闪动着
一个永远也无法抵达的
存在

冬　至

无法避免的一天就这样来临
遇见你
在今天之后
阳光开始一天长过一天

北方的冰凌
沿着九九寒冷的轨迹
转动日晷
不可思议的季节
由于你
雪花也变得温暖而轻盈

太阳像一个跳绳的小女孩
从北回归线跳到南回归线
你黑色的长发
风一样飘逸

我爱
站在两条绳子的中间
我无语
看你牵着的春天扑近我
灰暗的
冬季

七　月

疯狂的七月中飘满疯狂
水是最直接的证据

不可能抹掉的开始
与不可能遗忘的分离
伞一直在你的手里
高高地举着
七月跨过了北方和南方的距离
像一朵自在盛开的喇叭花

迷失的时间划动一江的迷离
江水被分为两道
一边是相思
一边是甜蜜
竹排溅起亚热带的阳光
从七月的内心走过

温暖的植物张开绿色
在你袅袅摇动的柳树上　爱情

穿越成熟

星 云

谁撕扯着风
撒下片片凄美的金黄
谁在窗外大声地呻吟
秋天的呼啸划破黑夜

而大地就在安详中睡去
在云层之上　星空之下
灵魂不安地窜动
把地狱和天堂的大门砰砰敲响

我听见了鸟叫
在天堂的门外
我把握住门环轻轻叩动
不管你是否听见
我的叩动不会停止
我要声音大些
再大些
盖过地狱的呻吟和哀号

我爱
你在天使的哪根羽毛里呢
为什么这样的黑夜
我只听见你的声音
却始终找不到身影
你还要让我等多久呢

而风已经开始在我身后追赶

独立旷野
我是孤独苍穹里的一个感叹

静　心

静心听佛语，佛度有缘人。

——题记

静　心

哥哥
水拦住了我的归路　河水西流
我洗好了脸　穿上嫁衣
等着你的马蹄摇响铜铃

河水动摇着　一波前进
一波后退　月光唯唯诺诺
哥哥
你身后的四个轿夫　为何空着轿子
我按住怦怦跳动的小兔
渴望你挥动的青草春天

静不下来的心
一遍遍敲打着端午

听

妹儿

我张开了春天　竖起了耳朵
听你的嘤嘤啼鸣
水流划着阳光　一道道的金辉
说着你的名字

我把每一个字拆开
埋进大地
明年的这个时候
会有更多的山花盛开

佛　语

寺庙的钟声　呈现低音的细节
穿过河水
把满目的目光　撒向远方

比远方还远的深处
传来一声声回音
当……昂，当……昂
河水挡住了来路和去路
只有佛的低语来回度过

佛　度

哥哥　莲花未开
我找不到过河的舟楫

上游的大雨倾盆
我在来路等你

哥哥　哥哥
一定赶在雨水之前接我

水流顺水飘摇
一口铜铸的大钟
倒扣在水面

哥哥　哥哥
你可听见寺里的钟声　听见我的喊声

有缘人

向上的路　通向远方
远方有山　山上有庙

河水弯着　在檀香的飘渺里
低下头　再低些
让快刀扫过　黑发变成亮色
变成隔世的遗忘
你戒掉一切

不是每个人都能找到　河水或者钟声
妹儿　你听到了吗
莲花开了

琉璃湖畔

水　蓝

从遥远的地方抚摩你
音乐的尾巴
在轻轻摆着
蓝色的梦应运而生

幻美的鱼豚
水草纠缠的爱恨
礁石突出在海的故乡
水如同水一样
柔软

我爱
女性柔软的深度
沉溺过多少往来的船
断断续续的声音
可是你召唤的期待

水一如既往地蓝着
岁月打开迷幻的时间

看 客

这样一汪水如此深刻
蓝色的叫海
无色的叫水
夏天端坐在爱情下面
日子穿越甘蔗

你出门的时候
设想过许多河
而这条是你从来没有遇见过的
忽而缠绵 忽而猛烈
鸟声贴着月光飞过

七月阳光

打开亚热带的欲望
热烈在温柔之后
剑兰的叶子指向天空
好像你唇边渴望的热烈

而岁月在我们身边静坐
微笑得像一个宽宏的看客

琉璃湖畔

十二月的北方
穿行在琉璃的透明里
风声打着口哨

美丽的日子滴水成冰

我裹着冬天独坐
在夜的边缘
箫声渺渺
银色的星河在头上流着
零下 12 度的思念
纯洁如水一样飘过

我爱
浩渺的天空你看到了什么
琉璃的月光下
掩埋着谁的歌唱

一生之爱

打开夜的折痕
密密麻麻的音符鱼贯而出
黄金连着黄金
思绪跟着思绪

而你是沿着月光走来的
在我居住的星球凸面
你的脚步如此轻盈
浮云撞击着飘渺
水声轻托着爱情

这样的时刻
所有的心都会把忧伤折起

把孤独按下
在浩瀚的星空下
狂赌一场迷茫
抑或激情

独 舞

罂粟的腰肢扭动
一种眩晕
一种痴迷
陀螺在空中加速

打开的花瓣
再也不能合上
除非风牵着回归大地

石头从水面上掠过
速度让石头变得缥缈

而梦在空旷的广场展开
你扭动着感性
让韵致再次走进别人的梦里

站在地球的舞台上
月亮高悬着冷艳
为你的孤寂
打下一束超凡脱俗的光束

守 望

就这样打开你的手心
看着曲曲折折的道路
渐渐消失

昨天的瞬间
已经刻在骨头的表面石头的内心
飘动的水在身外飘动
记忆走进忘我的深处

谁能够拨开时间的芦苇荡
让舟楫冲破桎梏
惊醒的梦张开翅膀
在盘旋的圆中
　　　　　　垂
　　　　落

蓝 河

月亮心情

十二月的空中
月亮清冷
我在这个时候打开计算机
守候一个夜的长度

飞鸟早就向南迁徙
北回归线的笔划出歪歪斜斜的
冬季
想着远方在远处神秘地展现着
如版画一样蜿蜒

我只能在夜里想念
在无人光顾的月亮里
独自启程

听说在圣诞的传说里
会有一些传奇

立 春

我把秘密埋在冬天

把种子埋下
让飘摇的小手在空中张开
柳叶在希望里歌唱

漂流了很久
黑色已经写满了额头
那些走过的曲折
一并刻画着春秋
爱过的人依然爱着
将要来的人
在心里慢慢盛开

雪是在昨天融化的吗？
上弦月的弯曲里
银光幽幽
春天从上面悄然跳下

蓝　河

推开窗子
从西北的天空流过
云依然是白垩纪的云
水早已蜕变为梦的蓝色

星星被时间打磨
鹅卵的光洁
显示着柔情的角度
幽幽的水流
辉映着水天一色

我不可能在早晨拾起阳光
然后在晚上交给明月
在我摇动的地球吊篮里
河水就是痕迹
爱过
就是蓝河

泰山月

腊月的夜晚
你的唇吹响 7 个箫孔
气流的下滑音拉长了月之清冷

泰山的高度
是用文字和石头堆砌起来的
石英像时间一样悠久
松叶的指针
指向发黄的陈年文字

月光就这样被松树筛碎
水一样落下
经年的思念化为飘散的音符

而风就站在泰山之外
还有与风一样流泪的爱情

当月亮慢慢爬上红门的窗棂
瞬间的激情

再次打动飞逝的月光砂轮

桃花峪

水从山间溢出
桃花沿时间流去
春天留下这样一个名字
守候

伞遮住了视线
山在微笑的低头间
含羞

青色的石涧铺满流水
柔情冲洗月亮的美丽
在你到达的时刻
果实怦然成熟
手心打开桃花的气息
齐腰的溪水轻轻漫过
一个夏天的惊奇

风过紫藤

吹皱了河水的那股风
依然柔和地吹着
波纹里你的影子　依稀

缘木求鱼
或是水中寻月

山在山的高处挺立
水在河的怀里承受
紫藤花席卷春天的狂野
月牙激荡银色的歌吟

泰山不是最高的山峰
红门
其实也不是朱色的归宿
而紫藤却总是履约而至
围裹着春天的绚丽

大汶河就在不远的地方
缓慢地弯曲
仿佛从来就没有过
这特别的风
和这紫色的
记忆

拆　字

一朵梅的五个花瓣
韵味不一　指向各异

第一瓣向着冬天打开
数不尽的香气　吹开雪帘
踩着滑车冲出来的琉璃
带着梦的光泽　缓缓张开
环绕的音乐　飘过孤独的鱼竿
染白父亲的蓑衣

第二瓣沿着春天奔跑
剪开雨燕斜斜的角度
爱情倒挂在枝柳　润湿着绿肥红瘦

口吐火焰的青春七月　从第三瓣出发
翻滚的跟头　呐喊的激情
生命张扬着火热的本色

摇着金黄的小舟浮出苇荡
第四朵花瓣凋落
丰满的季节　唱起一阵无端的哀歌

第五朵花瓣指向空中
神的宫殿　时空的另一个向度
天使张开娇艳的翅膀

一朵梅花拆成五个部分　或者更多
唯有细细的花蕊
托着七七四十九种梦想　把思念细细揉碎
把汉字一次次分拆　一次次抚摸
在远离天空和神的地方　种下你的名字

秋　夜

1

穿过这月光　就可以到达秋天了吧
丝丝相扣的夜　被沉默覆盖

你如丝的声音　滴着月光

美丽到绝望的秋　暗哑着
只把丰满灌进成熟
把一切不能言说的渴望
压缩成汁液饱满的种子

希望以牺牲为代价　隐藏下来
成为代代相传的秘密
没有人识得这样的痛　这样的无奈
你压抑住思念
让月光在这一刻打开
在千千万万的时间中
完成自己

秋天过后　尘埃落定
一切重新来过

2

此起彼伏的呢喃
把透明的夜　渲染得越发寂静
声音滴着秋天　滴着露
激烈地应和着

雌性的絮语　犹如婉转的水声
雄性的低沉　张着急切的雄浑
秋天　秋天
生命抓紧最后的一根绳索

荡过去　荡过去
穿过一个个关口
把生命变成一根飞动的箭镞
射在秋天最后的季节

水从空中俯冲　雨倾倒着
你撑开自己的翅膀　你就是你的伞
你就是生命的全部
泥泞中等待着雨过天晴的瞬间

最美的闪光
你倾尽全部的力量　伏在爱人身上
闪电过后　　上帝卸下了装饰
种子在瞬间点亮时间

你从容转身
等待着下一年的春天

那些雪

河 流

从不用有形　缚住自己
解开随意的绳索　把弯曲划进无形

不静止　不停息
草一手抓住岸　一手揽住水的腰身
号子此起彼伏　山峰逆流飞奔
岸上的炊烟向着另外一个方向倾斜
徒然抓住水流的声音

从来没想过停止
每一次回头
都留下一个又一个
巨大致命的叹息

不管逆流还是顺流
所有的水　都朝着同一个方向流

背 后

这支梅　是要用雪花做伴的

梦太轻
只有六棱的翅膀可以背负

冬天的梅　最渴望春天
每年的花期
它都第一个盛开　盛开
以至于看错了日历

梅的歌是飘渺的　带着些许无奈
些许落寞
而盛开的脚步无法停留
梅　在孤独的雪国
艳丽逼人

站在梅的背后
你一定看得见
春天和梅花失之交臂

时光隧道

春天拨开水草
一半黑夜瑟瑟　一半白昼晃晃
水淋淋的盛开在
一朵花中

纵身急行　朵朵花瓣
消隐在茫茫烟雨中
潜入盛夏　从不抛头露面
直到秋天抵达

才呼出一口　浓郁芬芳的气息

水愈加深
好像坠落陨石砸出的天坑
生命缩起脖颈　自遥远来
深入更深处

看不到去路　更不见归途
这孤零零的站台
是送别时间的唯一凭据

惊　蛰

一抬头　就碰响了农历
碰到了二月二的雷声
纷纷细雨
沾满了刚刚钻出地面的虫声

拐弯处
遇见了苍老的四姨
老人家的嗓音越来越大
听力日渐低迷

春雪过后　泥土湿润
表哥扶着机械　划着笔直的田埂
不知道为什么　总会在北方的麦地中
遇见表亲

心中一惊

脱口把苍老的女性　误叫母亲

那些雪

那些迟到的花儿
那些开在空中的花儿
把幸福的哀伤　写在春天

路途遥远
它们气喘吁吁地赶来
颤抖着打开白色的花瓣

她们的婚床纯洁　没有一丝尘埃
毫无保留地盛开
一生一世的爱在今夜打开

没有瞬间和永远　开在春天的雪
只管开放　不管未来

北　方

高纬度的北方
冰凌倒垂　温度从天而降
村庄依次排开
大河两岸　弯曲着时间

光秃秃的稻田
纵横书写无数的田字格
黑色的驴子散养着

啃食刺骨的风
只有白杨树成团站立
逆着冰的下垂　向上生长
从不南迁的喜鹊　划着圆圈起落
一束光投射过来　聚在农历的罗盘

冰河上旋转的陀螺
摇动着身子　渐渐减速
仿佛时间慢了下来
日渐苍老的父亲
脸上皱纹加速旋转　同时间背道而驰
坚硬的乡间　道路穿过地头
摆成蛇一样的柔肠
等待一次次重复的归乡

在高纬度的北方
暖的是喋喋不休的乡音　慢的是火的感觉
唯一不变的是安详

老去的日子
躺着静静地死亡

滑落的名字

独　自

心是自己的地　墓地或者土地
把岁月埋在里面　金子长成金子
寂寞长成寂寞
埋进自己　长出一段无法更改的
记忆

秋天落地
空中飘摇着尖叫　你看见的只是一片叶子
我感到的是世界的倾倒

八年之后
雨水流着
那是秋天的伤口　汩汩哀痛

对　话

我从炎热的夏天路口
读到了你　和你的姓氏
耀眼的光线中　你微笑着
刺痛了我　那些温暖到尖锐的光

不断生长着的树　柏树
那些把生视作最后一天的草
守卫着你
那些腐朽的土和泛着青草味的童年
每年一次　飞越夏天

飞过我们共同的天空
仿佛突然降临的神性
我发现　我可以拉开时间的幕布
与你隔空对话

十年加上十年　得数是怎样的漫长
又是怎样的一瞬
到底是谁填错了答案
谁的手停止了这样一道简单的运算

时间的迷宫纠缠着结果
走错了空间的孩子　不要害怕
天空翻转的时候
记得叫我一声爸爸

亲爱的孩子　我会在七月的最后一天
仰起头　让光晒干眼泪
听所有的神祇　轻喊你的名字

滑落的名字

20 年前的一场偶遇　书上滑落的名字

砸在脚背
成为铁证如山的证据

不逃避　也不躲闪
海水漫过礁石　水落石出的真相
并不比存在本身更残酷

最美的时间　在二十年里开花
放射出陶醉的迷彩
凋零的瞬间　才释放出更多的无奈
最美的光　在一个晨露上已经完成

黑色的夜　再也掩饰不住花白的鬓角
我们挖开秘密的地穴
把永生永世的传说
替换

青　烟

提笔写信的时候　总也找不到
投寄的地址
你出走的那天　我就成了孤儿

想说那么多的话
只能压在心底
我不知道打出去的电话　会飘向哪里

伊妹儿　实时通和微信
这些方式无法联系到你

你是乘着腊月的梅花离开的
要找您只能求助传统的信使

星光点燃三炷香火
青烟便骑上了快马
我看到你站在火焰上
露出温暖的笑容

亲人　你乘坐青烟归来
又在转眼之间离去

除夕夜　撒下一夜迷雾

秋　蓝

比天高的　是更高的蓝
比秋深的　是更加无尽的深秋

亲人　菊花的黄　苍穹的蓝
摆开了一道道的坛　一壶壶的浓郁
说好了虚位以待　在来的路上　归的途中
刻画着纵横交错的九九

亲人
这广袤的地　一字儿铺开直到辽远
直到飞走的雁阵投下黑色的孤鸣
弥漫的气息膨胀起来　放慢臃肿的脚步
丰满的谷穗垂下母性
却意外地隆起渴望和张扬

亲人
你坐着呼吸着
清露涌动　霜把头发染色
你丰韵着　消失着
蓝上升起来了　向着月亮飞升
菊花背起行囊疼痛与死亡
乘上了越走越远　一去不回的飞船

农历的水月光

没有任何征兆和由来
仲秋之夜　我一头扎进农历的水中

月光逃匿　云层拉起帷幕
秋色掩埋在雨滴里

这样的水　古老着年轻
无处躲藏的你
浑身透湿　没有一块干燥处
就好像沦陷的爱情
再也找不到　一丁点儿的无辜

毫无征兆的疼
突然发作　深入地心三尺

仲秋看不见圆月　总让人揪心
时而会想起那个成语
想到远方　想到遗忘和生死

当月光被水浇灭　当地老直达天荒
我在等你
而你　却站在那片月光里

绵长的秋雨

哥哥　那么长那么长的雨流下来
你走过的秋天
丝一样慢慢拉长

大豆在饱满的日子　挣脱而出
乒乒乓乓炸裂的声音
击打着空旷的原野　诱惑流浪者回归

哥哥　听说没有
灵魂是有重量的
在脱壳而出的瞬间
体重减轻四两
烟雾向着天堂的方向逸出
你枕下的土地增加了　那是你一生的分量

回归的代价　就像离开时的伤感
打开月亮的舷窗
沿着光线走过最短的路径
哥哥　你是乘坐轻风回归的
四方的匣子　蒙着黑黑的细纱
你落土生根的时刻
那绵长的水　被抽成了千万根的细丝
织起了一个秋天的疼痛

你是我疼痛的美丽

寻人启事

而我只能在人间寻找
在洒满泪水　疼痛　和心碎的花丛
在松柏的环绕中
把你寻觅

松子撒落　清明的桃花杏花
仰起童稚的微笑
你是沿着大山的曲线走失的
就在一眨眼的瞬间
像一滴落水
像一片急忙躲藏的花瓣

上苍把甜蜜折叠进十年
却要我用五十年的光阴
让骨头钙化
让芳香的回忆　在撕裂的神经里
一点点展开

这人世间的短聚
是我们三生三世换来的唯一

从今后 无论是在上帝的天堂
还是撒旦的领地
我都不会把你再次认出

什么样的海
能够蓄满泪水
什么样的笔
能够写下
不再疼痛的文字

你是我疼痛的美丽

梨花开过
白色撒满迤逦的四月
无法拒绝的春天
猝然而至

绽放了
盛开了
涌动的山峦　起伏的绿色
一匹快马嘚嘚驰过

一百年的岁月
抵不上三日的绽放
一千个长夜的回忆
抵不过义无反顾的盛开

这样疼痛的春天
总是如约而至

在黑色的疤痕上
打开梨花的眼泪

怀　念

遗忘中
你打开了窗子
所有的空间布满了黑色

炫目的疼痛
在起伏的山上埋葬
秋天的苍凉

寒露的晶莹
一次次突破秋天
在怀念的季节滴落
无法走得更远
无法
摘掉日子上面的每一个细节

风翻阅着叶子
碎月摇动着记忆
疼痛的泥土拥抱着
十年幼小的美丽

秋天的苍凉
秋天的苍凉
你走过的路上
月亮击落大雁的双翼

痕　迹

落叶跟随绝尘的马匹
沿着冬天小跑
呼吸紧张的口罩掩饰着　不愿述说的神情
莫名的日子滴水成冰

谁在那里摸索着　　冬天的深处
谁的手伸进雪中　渴望握住
打着旋子远去的
爱情

突然莅临的伤　仿若少女的笑靥
娇艳着次第绽开
美丽决然转身
痛沿着冬天　走着最近的距离

之后　北风拍净手掌
好像什么也不曾发生

遥　远

我们的节日

抽出一根肋骨
插进时间的缝隙
我们沿着深邃的目光
走向自己的节日

旌旗在摇
红色的激情直上九霄
滴落的汗水把快乐举起
我们
把自己举起

这是张扬的节日
这是迸发的日子
大河倒悬着　一路奔涌
雪山挺立
莲花绽开雪白的传奇
大平原　袒露浩荡无际的透明
谁的歌声　随着河流
消失在辽阔的茂密

浩渺之上
水鸟摇动九霄的翅膀
天地起伏　海张开胸怀
迎接从天而降的
堕落

一个人的春天

春天不是大众的
就像那趟直达的爱情专列
春天是属于一个人的

你启程的时候
春天在紫藤的落英里为你送行
紫色
总是和一个个传说相连
和缤纷的眼泪一样结尾

毋庸置疑的景色
洒满了飞快倒退的时间
谁也没有摆脱这个魔咒
爱　或者被爱　然后变成爱过
水从三十年前流过
三十年后
桃花依旧顺水漂着

而记忆只属于春天
属于那些
为你提前开放的

飘香的槐花

遥 远

遥远在远方之外
在秋天之外

是什么样的等待
让秋天变得脆弱
仿佛一碰就要炸裂的泪水
在滴落的过程中
拉长思念

秋风拖着黄色的尾巴
走过北方的林荫道
把最后的距离
划在秋天

一只南归的雁垂下翅膀
静静倾听着
你捎给南方的话语

给 我

我知道是谁在打劫秋天
是谁在遥远的地方呼喊
声音的诱惑
美丽的沦陷
你从天的边缘走过

就这样随着落叶抵达
在黑色透明的夜里
音乐的翅膀扇动着幻觉
承诺随风的承诺而飘落

给我
这转瞬即逝的爱情
这无望迟来的岁月

毒 药

月 舞

你伸出左手
飘摇的月光从远古的指缝流泻
你扬起右臂
清幽的水流淋湿无声的桂花

你旋转
夜色爬上圆形的舞台
一层一层洒落梦的光环
你舒展
赤裸的美丽无言的倾诉
秋叶黄了成熟的思念

在遥远的夜色里
我独自穿越你银色的光环

柔

把风中的丝缠满桑叶
我在来的路上拣拾回忆

白色的记忆
和着柔曼的水声
在你青春的河流里
缓缓起伏

声　音

就这样迈着色彩的迷茫
走到回忆的边缘

我爱
是你长长的呼唤吗
在一滴水与一滴水的间隙里
我看到了摇动的手臂
在一滴泪和一滴泪的盐分里
我嗅到了漫长等待的化石

我爱
就在你诱惑的音符里慢慢游去
像一个蝌蚪
在生命的瞬间
完成轮回

毒　药

巴黎的梦沾满了异国情调
这样的时刻
连浪漫都是诱惑的极致
毒药

或者是一种水
或者是水一样的爱情

早就沉溺于这样的地狱
如果我不能找到归路
就只能在这逼人的香气中
自燃而尽
如果我能找到出口
也会在痛苦的天堂
因为缺乏爱而窒息

我爱
这样的毒药因你而生
因你而亡
在时光的嗅觉里
自生自灭　孤独美丽

陷　阱

就迷失在春天陷阱里
迷失在你眸子的光辉中

我打开漂泊的苦难
在救赎的等待中默默忍受
我举着自己
在滑落的时光里遇见你

这样的春天
是和快乐的痛感一起降临的

在星空的苍茫里
你的爱让生命的火焰上升
让痛苦的思念沦陷

没有母亲的母亲节

回 忆

老家的门
已经虚掩了很久
从你离家的时候
只有闲不住的风
还会掀掀门帘
穿过往事串串门
寻找久违的熟人

每一道把手上
都留着浓浓的回忆
和薄薄的尘埃
月光仍然在呼吸中
飘满油烟的思念

院子里的阳光
像豢养的植物
散漫自由地开着
葡萄叶子撑起了春天
雨水滴落夏季
久未回家的游子

举起了月亮杯子

而母亲
就坐在家中的沙发上
像一朵微笑的莲花
散发着慈眉善目的
光辉
等你推门而入

搀　扶

是谁伸出苍老的手臂
将我轻轻搀扶
泰山在我们身后
慢慢矮了下去
夕阳把相依为命的影子
染红
再一寸寸拉长

那母性的温暖
那环绕的怀抱
顺着脚下缓缓的河流
溢出
那绵长的感觉
那相依的温暖
一直流淌
就像河岸搀扶着河流
已经千年万年

母亲的手臂
依旧那样修长

白发飘飘的五月

仿佛是上苍
教会我们感恩
五月里
怀念随着节日的临近
开始湿润

眼睛里
包含着一簇簇的雨水
一个苍老的背影
在朦胧的月光里
越发朦胧
远远飘来的槐花
一阵紧似一阵
那种穿透冷漠的香气
绕梁而过

白发飘飘的五月
母亲
站在遥远的槐树中